SVLTO

Günter Grass hat als Lyriker angefangen, und er schreibt Gedichte bis heute. Neben den großen Prosa-Arbeiten entstehen Gedichte, die sie vorbereiten, kommentieren, ihnen widersprechen, öfters auch in ihnen eingeschlossen sind.

In ihnen allen – auch den politischen oder polemischen – herrschen die Gegenstände vor, nicht die Gefühle, die Beobachtungen, nicht die Ideologie. Sie sind besessen von den Dingen, die uns umgeben und die die eigentlichen Anstifter unserer Gefühle und Gedanken sind: die Federn, die wir in die Luft blasen, der Inhalt des geöffneten Schranks, die Ostsee und ihre Geräusche, die Folgen der Pilzsuche. Die schönen Wörter.

Klaus Wagenbach, mit dem Werk von Günter Grass seit Beginn vertraut, hat die schönsten Gedichte ausgewählt, nicht nur aus den Gedichtbänden, sondern auch aus den verstreut veröffentlichten und in den Romanen enthaltenen.

Günter Grass

Wörter auf Abruf

77 Gedichte

Verlag Klaus Wagenbach   Berlin

Inhalt

Die Vorzüge der Windhühner

Weil sie kaum Platz einnehmen
auf ihrer Stange aus Zugluft
und nicht nach meinen zahmen Stühlen picken.
Weil sie die harten Traumrinden nicht verschmähen,
nicht den Buchstaben nachlaufen,
die der Briefträger jeden Morgen vor meiner Tür verliert.
Weil sie stehen bleiben,
von der Brust bis zur Fahne
eine duldsame Fläche, ganz klein beschrieben,
keine Feder vergessen, kein Apostroph …
Weil sie die Tür offen lassen,
der Schlüssel die Allegorie bleibt,
die dann und wann kräht.
Weil ihre Eier so leicht sind
und bekömmlich, durchsichtig.
Wer sah diesen Augenblick schon,
da das Gelb genug hat, die Ohren anlegt und verstummt.
Weil diese Stille so weich ist,
das Fleisch am Kinn einer Venus,
nähre ich sie. –

Oft bei Ostwind
wenn die Zwischenwände umblättern,
ein neues Kapitel sich auftut,
lehne ich glücklich am Zaun,
ohne die Hühner zählen zu müssen –
weil sie zahllos sind und sich ständig vermehren.

Bohnen und Birnen

Bevor die grünen Dotter welken –
die Hennen brüten einen frühen Herbst –,
jetzt gleich, bevor die Scherenschleifer
den Mond mit hartem Daumen prüfen,
der Sommer hängt noch an drei Fäden,
den Frost verschließt ein Medaillon,
noch eh der Schmuck, verwandt dem Regen wandert,
noch eh die Hälse nackt, vom Nebel halb begriffen,
bevor die Feuerwehr die Astern löscht
und Spinnen in die Gläser fallen,
um so der Zugluft zu entgehen,
vorher, bevor wir uns verkleiden,
in ärmliche Romane wickeln,
laßt uns noch grüne Bohnen brechen.
Mit gelben Birnen, einer Nelke,
mit Hammelfleisch laßt uns die grünen Bohnen,
mit schwarzer Nelke und mit gelben Birnen,
so wollen wir die grünen Bohnen essen,
mit Hammelfleisch mit Nelke und mit Birnen.

Geöffneter Schrank

Unten stehen die Schuhe.
Sie fürchten sich vor einem Käfer
auf dem Hinweg,
vor einem Pfennig auf dem Rückweg,
vor Käfer und Pfennig, die sie treten könnten,
bis es sich einprägt.
Oben ist die Heimat der Hüte.
Behüte, hüte dich, behutsam.
Unglaubliche Federn,
wie hieß der Vogel,
wohin rollte sein Blick,
als er einsah, daß er zu bunt geraten?
Die weißen Kugeln, die in den Taschen schlafen,
träumen von Motten.
Hier fehlt ein Knopf,
im Gürtel ermüdet die Schlange.
Schmerzliche Seide,
Astern und andere feuergefährliche Blumen,
der Herbst, der zum Kleid wird,
jeden Sonntag mit Fleisch und dem Salz
gefälteter Wäsche gefüllt.
Bevor der Schrank schweigt, Holz wird,
ein entfernter Verwandter der Kiefer –
wer wird den Mantel tragen,
wenn du einmal tot bist?
Seinen Arm im Ärmel bewegen,
zuvorkommend jeder Bewegung?
Wer wird den Kragen hochschlagen,
vor den Bildern stehen bleiben
und alleine sein unter der windigen Glocke?

Hochwasser

Wir warten den Regen ab,
obgleich wir uns daran gewöhnt haben,
hinter der Gardine zu stehen, unsichtbar zu sein.
Löffel ist Sieb geworden, niemand wagt mehr
die Hand auszustrecken.
Es schwimmt jetzt Vieles in den Straßen,
das man während der trockenen Zeit sorgfältig verbarg.
Wie peinlich des Nachbarn verbrauchte Betten zu sehen.
Oft stehen wir vor dem Pegel
und vergleichen unsere Besorgnis wie Uhren.
Manches läßt sich regulieren.
Doch wenn die Behälter überlaufen, das ererbte Maß voll ist,
werden wir beten müssen.
Der Keller steht unter Wasser,
wir haben die Kisten hochgetragen
und prüfen den Inhalt mit der Liste.
Noch ist nichts verloren gegangen. –
Weil das Wasser jetzt sicher bald fällt,
haben wir begonnen Sonnenschirmchen zu nähen.
Es wird sehr schwer sein, wieder über den Platz zu gehen,
deutlich, mit bleischwerem Schatten.
Wir werden den Vorhang am Anfang vermissen
und oft in den Keller steigen,
um den Strich zu betrachten,
den das Wasser uns hinterließ.

Polnische Fahne

Viel Kirschen die aus diesem Blut
im Aufbegehren deutlich werden,
das Bett zum roten Inlett überreden.

Der erste Frost zählt Rüben, blinde Teiche,
Kartoffelfeuer überm Horizont,
auch Männer halb im Rauch verwickelt.

Die Tage schrumpfen, Äpfel auf dem Schrank,
die Freiheit fror, jetzt brennt sie in den Öfen,
kocht Kindern Brei und malt die Knöchel rot.

Im Schnee der Kopftücher beim Fest,
Pilsudskis Herz, des Pferdes fünfter Huf,
schlug an die Scheune, bis der Starost kam.

Die Fahne blutet musterlos,
so kam der Winter, wird der Schritt
hinter den Wölfen Warschau finden.

Tierschutz

Das Klavier in den Zoo.
Schnell, bringt das Zebra in die gute Stube.
Seid freundlich mit ihm,
es kommt aus Bechstein.
Noten frißt es
und unsere süßen Ohren.

Prophetenkost

Als Heuschrecken unsere Stadt besetzten,
keine Milch mehr ins Haus kam, die Zeitung erstickte,
öffnete man die Kerker, gab die Propheten frei.
Nun zogen sie durch die Straßen, 3800 Propheten.
Ungestraft durften sie reden, sich reichlich nähren
von jenem springenden, grauen Belag,
den wir die Plage nannten.
Wer hätte es anders erwartet. –

Bald kam uns wieder die Milch, die Zeitung atmete auf,
Propheten füllten die Kerker.

Drei Vater unser

1

Gewalt, wer verbog die Sicherheitsnadel,
wer stieß den Kohl vor den Kopf.
Kommen einfach her,
zersingen die Gläser
und wollen noch Beifall.
Mars, böse Metzger bestimmen die Preise.

Komm, wir spielen Kain und Abel.
Jeder hat doch etwas Hartes, Einmaliges in der Tasche,
das genau an den Hinterkopf eines stotternden Bengels paßt,
der Abel heißt und bei der Infanterie dient.
Wer oben liegt, hat gewonnen –
und im Bett, wer gewinnt da?

Wer hat mehr vom Leben,
die Leiche oder die Witwe?
Brüder, Brüder, alle ihr Magenkranken,
die ihr da salzlos und von Gedichten lebt,
niemand, kein Uhrmacher will mehr die Sanftmut,
eine törichte Spieluhr reparieren.

Eine Fliege fällt ins Bier,
im Zoo werden Löwen gefüttert,
der Meineid pfeift auf drei Fingern,
Gewalt, wer verbog die Sicherheitsnadel,
komm, wie spielen Kain und Abel,
Vater unser, der du bist im Himmel.

2

Bomben, die sich nur langsam verteilen,
Küsse, die nicht versiegeln,
nur einen Laut versuchen,
Rangiergeräusche auf Güterbahnhöfen,
die jeden Schlaflosen durstig
und jeden Säufer mißmutig machen.

Ein Kinnhaken vor dem Spiegel,
Same, der auf den Teppich fällt
und nur den Irrsinn der Kringel befruchtet.
Vieles geht daneben.
Der Mann versucht mit dem Schlüssel die Tür,
wundert sich, wenn sie aufgeht und lacht.

Narrenmangel, wer züchtet noch Buckel.
Nijinsky, der auch Jesus Christus hieß,
sprang so langsam und deutlich,
wie der Mond von Giebel zu Giebel springt.
Bomben verteilen sich langsam,
ein Kinnhaken vor dem Spiegel,
Vater unser, der du bist im Himmel.

3

Ihr solltet nicht mehr die Ratten impfen,
Ratten rächen sich,
knabbern an Fundamenten,
suchen die Toten heim –
wie der Tod euch
mit Fernsehen heimgesucht hat.

Vergrabt die Türme,
bringt das Bergwerk ans Licht,
stellt in den Kaufhäusern

Weihwasser auf.
Mater dolorosa in technic color,
und nach dem Kino zur Beichte.

Friseure, sonst mit pünktlichem Scheitel,
spiegeln verwirrte, entvölkerte Kämme.
Seiltänzer, sonst geschickt,
stürzen von Augenbrauen
in einen Blick,
sehen sich selbst dabei zu.

Doch wer bespannt seine Pauke mit Jungfernhäutchen?
Trommler, sonst ohne Gehör,
verfallen immer dem selben Regen:
Ihr solltet keine Ratten mehr impfen,
ihr solltet alle Türme vergraben,
Vater unser, der du bist im Himmel.

Am Atlantikwall

Noch waffenstarrend, mit getarnten Zähnen,
Beton einstampfend, Rommelspargel,
schon unterwegs ins Land Pantoffel,
wo jeden Sonntag Salzkartoffel
und freitags Fisch, auch Spiegeleier:
wir nähern uns dem Biedermeier!

Noch schlafen wir in Drahtverhauen,
verbuddeln in Latrinen Minen
und träumen drauf von Gartenlauben,
von Kegelbrüdern, Turteltauben,
vom Kühlschrank, formschön Wasserspeier:
wir nähern uns dem Biedermeier!

Muß mancher auch ins Gras noch beißen,
muß manch ein Mutterherz noch reißen,
trägt auch der Tod noch Fallschirmseide,
knüpft er doch Rüschlein seinem Kleide,
zupft Federn sich vom Pfau und Reiher:
wir nähern uns dem Biedermeier!

Gegenaktionen

Ich wiederhole mich ungern,
sagte der Papagei: Ich
wiederhole mich ungern.

Gott ist beweisbar,
sagte der Priester, stieg auf sein Fahrrad
und trat den Beweis an.

Die Tinte trägt Schuld,
sagte der Richter
und unterschrieb.

Mein Kopf schmerzt,
sagte ich
und zog die Schuhe aus.

Adebar

Einst stand hier vieles auf dem Halm,
und auf Kaminen standen Störche;
dem Leib entfiel das fünfte Kind.

Lang wußt ich nicht, daß es noch Störche gibt,
daß ein Kamin, der rauchlos ist,
den Störchen Fingerzeig bedeutet.

Tot die Fabrik, doch oben halbstark Störche;
sie sind der Rauch, der weiß mit roten Beinen
auf feuchten Wiesen niederschlägt.

Einst rauchte in Treblinka sonntags
viel Fleisch, das Adebar gesegnet,
ließ, Heißluft, einen Segelflieger steigen.

Das war in Polen, wo die Jungfrau
Maria steif auf Störchen reitet,
doch – wenn der Halm fällt – nach Ägypten flieht.

Kinderlied

Wer lacht hier, hat gelacht?
Hier hat sich's ausgelacht.
Wer hier lacht, macht Verdacht,
daß er aus Gründen lacht.

Wer weint hier, hat geweint?
Hier wird nicht mehr geweint.
Wer hier weint, der auch meint,
daß er aus Gründen weint.

Wer spricht hier, spricht und schweigt?
Wer schweigt, wird angezeigt.
Wer hier spricht, hat verschwiegen,
wo seine Gründe liegen.

Wer spielt hier, spielt im Sand?
Wer spielt, muß an die Wand,
hat sich beim Spiel die Hand
gründlich verspielt, verbrannt.

Wer stirbt hier, ist gestorben?
Wer stirbt, ist abgeworben.
Wer hier stirbt, unverdorben,
ist ohne Grund verstorben.

Gleisdreieck

Die Putzfraun ziehen von Ost nach West.
Nein Mann, bleib hier, was willst du drüben;
komm rüber Mann, was willst du hier.

Gleisdreieck, wo mit heißer Drüse
die Spinne, die die Gleise legt,
sich Wohnung nahm und Gleise legt.

In Brücken geht sie nahtlos über
und schlägt sich selber Nieten nach,
wenn, was ins Netz geht, Nieten lockert.

Wir fahren oft und zeigen Freunden,
hier liegt Gleisdreieck, steigen aus
und zählen mit den Fingern Gleise.

Die Weichen locken, Putzfraun ziehn,
das Schlußlicht meint mich, doch die Spinne
fängt Fliegen und läßt Putzfraun ziehn.

Wir starren gläubig in die Drüse
und lesen, was die Drüse schreibt:
Gleisdreieck, Sie verlassen sogleich

Gleisdreieck und den Westsektor.

Wandlung

Plötzlich waren die Kirschen da,
obgleich ich vergessen hatte,
daß es Kirschen gibt,
und verkünden ließ: Noch nie gab es Kirschen –
waren sie da, plötzlich und teuer.

Pflaumen fielen und trafen mich.
Doch wer da denkt,
ich wandelte mich,
weil etwas fiel und mich traf,
wurde noch nie von fallenden Pflaumen getroffen.

Erst als man Nüsse in meine Schuhe schüttete
und ich laufen mußte,
weil die Kinder die Kerne wollten,
schrie ich nach Kirschen, wollt ich von Pflaumen
getroffen werden – und wandelte mich ein wenig.

Lamento bei Regen

Trommeln stehen im Regen,
Eimer, wer hielt das Blech
dem Regen hin, daß die Trommel
bodenlos leerläuft, der Eimer
überläuft, aussagt;
niemals verweigert der Regen,
wenns regnet, den Blechtrommelvers:
    Du sollst dich nicht so erregen,
    es regnet nicht deinetwegen.
Aale regnet es strichweis
von einem Fluß in den andern,
an beiden aalreichen Flüssen
stehen die Tafeln, verbieten
den Regen nicht, doch den Köder;
und umgekehrt wie sich Regen
umgekehrt liest, heißt der Text:
    Sie sollten sich nicht so erregen,
    es regnet nicht ihretwegen.
Niederschlag heißt hier Regen,
Farbbänder, farblos gelockt,
aus Schreibmaschinen der Nachlaß
zu früh verstorbner Poeten,
die hundert hellblonden Hymnen,
dazwischen endlos Lamento;
getippt und kopiert ist der Text:
    Wir sollten uns nicht so erregen,
    es regnet nicht unseretwegen.
Hält ihren Kopf in den Regen,
die Frau ohne Schirm steht im Regen
und schreit, weil aus bodenlos Eimern,
weil strichweis Aal ohne Köder,
weil Farbbänder farblos, schreit sie,

bis schweinsledern Polizisten
kommen, schweinsledern verkünden:
    Ihr sollt euch nicht so erregen,
    es regnet nicht euretwegen.
Nun regnet es auch im Kino,
der Regen auf Spulen läuft ab,
der Film, der die Leinwand durchnäßte
mit Liebe, trennendem Flimmern,
er reißt nicht, sondern sie küssen
sich flüsternd in Pelerinen
und flüstern auf Breitwand und flüstern:
    Geliebte, erregt dich der Regen,
    es regnet nur unseretwegen.

Im Ei

Wir leben im Ei.
Die Innenseite der Schale
haben wir mit unanständigen Zeichnungen
und den Vornamen unserer Feinde bekritzelt.
Wir werden gebrütet.

Wer uns auch brütet,
unseren Bleistift brütet er mit.
Ausgeschlüpft eines Tages,
werden wir uns sofort
ein Bildnis des Brütenden machen.

Wir nehmen an, daß wir gebrütet werden.
Wir stellen uns ein gutmütiges Geflügel vor
und schreiben Schulaufsätze
über Farbe und Rasse
der uns brütenden Henne.

Wann schlüpfen wir aus?
Unsere Propheten im Ei
streiten sich für mittelmäßige Bezahlung
über die Dauer der Brutzeit.
Sie nehmen einen Tag X an.

Aus Langeweile und echtem Bedürfnis
haben wir Brutkästen erfunden.
Wir sorgen uns sehr um unseren Nachwuchs im Ei.
Gerne würden wir jener, die über uns wacht,
unser Patent empfehlen.

Wir aber haben ein Dach überm Kopf.
Senile Küken,

Embryos mit Sprachkenntnissen
reden den ganzen Tag
und besprechen noch ihre Träume.

Und wenn wir nun nicht gebrütet werden?
Wenn diese Schale niemals ein Loch bekommt?
Wenn unser Horizont nur der Horizont
unserer Kritzeleien ist und auch bleiben wird?
Wir hoffen, daß wir gebrütet werden.

Wenn wir auch nur noch vom Brüten reden,
bleibt doch zu befürchten, daß jemand,
außerhalb unserer Schale, Hunger verspürt,
uns in die Pfanne haut und mit Salz bestreut. –
Was machen wir dann, ihr Brüder im Ei?

Der Dichter

Böse,
wie nur eine Sütterlinschrift böse sein kann,
verbreitet er sich auf liniertem Papier.
Alle Kinder können ihn lesen
und laufen davon
und erzählen es den Kaninchen,
und die Kaninchen sterben, sterben aus –
für wen noch Tinte, wenn es keine Kaninchen mehr gibt!

Die Seeschlacht

Ein amerikanischer Flugzeugträger
und eine gotische Kathedrale
versenkten sich
mitten im Stillen Ozean
gegenseitig.
Bis zum Schluß
spielte der junge Vikar auf der Orgel. –
Nun hängen Flugzeuge und Engel in der Luft
und können nicht landen.

Glück

Ein leerer Autobus
stürzt durch die ausgesternte Nacht.
Vielleicht singt sein Chauffeur
und ist glücklich dabei.

Kurzschluß

In jedem Zimmer, auch in der Küche, machte ich Licht.
Die Nachbarn sagten: Ein festliches Haus.
Ich aber war ganz alleine mit meiner Beleuchtung,
bis es nach durchgebrannten Sicherungen roch.

Die Nonnen

Sie sind nur für den Wind gemacht.
Sie segeln immer, ohne auch zu loten.
Was ihnen himmlisch Bräutigam,
heißt andernorts Klabautermann.
Ich sah einst Nonnen,
eine ganze Flotte.
Sie wehten fort zum Horizont.
Ein schöner Tag, ein Segeltag,
tags drauf Trafalgar, die Armada sank.
Was wußte Nelson schon von Nonnen.

Pan Kiehot

Ich sag es immer, Polen sind begabt.
Sind zu begabt, wozu begabt,
begabt mit Händen, küssen mit dem Mund,
begabt auch darin: Schwermut, Kavallerie;
kam Don Quichotte, ein hochbegabter Pole,
der stand bei Kutno auf dem Hügel,
hielt hinter sich das Abendrot
und senkte die weißrotbegabte Lanze
und ritt den unbegabten Tieren,
die auf Motore angewiesen,
direkt ins Feldgrau, in die Flanke ...

Da brach begabt, da küßten unbegabt
– ich weiß nicht, war'n es Schafe Mühlen Panzer –,
die küßten Pan Kiehot die Hände,
der schämte sich, errötete begabt;
mir fällt kein Wort ein – Polen sind begabt.

Askese

Die Katze spricht.
Was spricht die Katze denn?
Du sollst mit einem spitzen Blei
die Bräute und den Schnee schattieren,
du sollst die graue Farbe lieben,
unter bewölktem Himmel sein.

Die Katze spricht.
Was spricht die Katze denn?
Du sollst dich mit dem Abendblatt,
in Sacktuch wie Kartoffeln kleiden
und diesen Anzug immer wieder wenden
und nie in neuem Anzug sein.

Die Katze spricht.
Was spricht die Katze denn?
Du solltest die Marine streichen,
die Kirschen, Mohn und Nasenbluten,
auch jene Fahne sollst du streichen
und Asche auf Geranien streun.

Du sollst, so spricht die Katze weiter,
nur noch von Nieren, Milz und Leber,
von atemloser saurer Lunge,
vom Seich der Nieren, ungewässert,
von alter Milz und zäher Leber,
aus grauem Topf: so sollst du leben.

Und an die Wand, wo früher pausenlos
das grüne Bild das Grüne wiederkäute,
sollst du mit deinem spitzen Blei
Askese schreiben, schreib: Askese.
So spricht die Katze: Schreib Askese.

Der Vater

Wenn es in der Heizung pocht,
schauen ihn die Kinder an,
weil es in der Heizung pocht.

Wenn die Uhr schlägt und Bauklötze
stürzen, schaun die Kinder,
weil die Uhr, den Vater an.

Wenn die Milch gerinnt und säuert,
strafen unverrückbar Blicke,
weil sein Blick die Milch gesäuert.

Wenn es scharf nach Kurzschluß riecht,
schaun im Dunkeln alle Kinder
ihn an, weil's nach Kurzschluß riecht.

Erst wenn seine Kinder schlafen,
blickt der Vater in den Spiegel,
weil er noch nicht schlafen kann.

Zugefroren

Als es kälter wurde,
das Lachen hinter den Scheiben blieb,
nur noch als Päckchen und Brief
zweimal am Tage ins Haus kam,
als es kälter wurde,
rückte das Wasser zusammen.

Wer etwas versenken wollte,
der Dichter vielleicht einen Hammer,
der Mörder drei mittlere Koffer,
der Mond ein Pfund weißen Käse,
wer etwas versenken wollte,
stand vor verriegeltem Teich.

Kein Lot gab mehr Antwort,
kein Stein, der durchfiel,
grünschielende Flaschen lagen dem Eis an,
bodenlos und vergeblich rollte der Eimer,
kein Lot gab mehr Antwort,
und alle vergaßen, wie tief.

Wer Glas zerbricht,
die Jungfrau nicht schon am Sitzen erkennt,
wer hinter dem Spiegel ein Ei aufstellt
und vor dem Spiegel die Henne,
wer Glas zerbricht,
weiß immer noch nicht, was der Frost verbirgt.

Diana – oder die Gegenstände

Wenn sie mit rechter Hand
über die rechte Schulter in ihren Köcher greift,
stellt sie das linke Bein vor.

Als sie mich traf,
traf ihr Gegenstand meine Seele,
die ihr wie ein Gegenstand ist.

Zumeist sind es ruhende Gegenstände,
an denen sich montags
mein Knie aufschlägt.

Sie aber, mit ihrem Jagdschein,
läßt sich nur laufend
und zwischen Hunden fotografieren.

Wenn sie ja sagt und trifft,
trifft sie die Gegenstände der Natur
aber auch ausgestopfte.

Immer lehnte ich ab,
von einer schattenlosen Idee
meinen schattenwerfenden Körper verletzen zu lassen.

Doch du, Diana,
mit deinem Bogen
bist mir gegenständlich und haftbar.

Kleine Aufforderung zum großen Mundaufmachen – oder der Wasserspeier spricht

Wer jene Fäulnis,
die lange hinter der Zahnpaste lebte,
freigeben, ausatmen will,
muß seinen Mund aufmachen.

Wir wollen nun den Mund aufmachen,
die schlimmen Goldzähne,
die wir den Toten brachen und pflückten,
auf Ämtern abliefern.

Um dicke Väter
– jetzt, da auch wir schon Väter und immer dicker –
absetzen und ausspeien zu können,
muß man den Mund aufmachen;

wie unsere Kinder bei Zeiten
den Mund aufmachen, die große Fäulnis,
die schlimmen Goldzähne, die dicken Väter
ausspeien werden, absetzen werden.

Köche und Löffel

Und manche sagen: Koch ist Koch.
Neu, frischgewaschen und gestärkt,
im Schneefall und vor heller Wand
bleiben die Köche unbemerkt,
und nur der Löffel in der Hand
rührt uns, läßt niemanden vergessen:
Die Köche geben uns zu essen.

Wir sollten nicht von Suppen sprechen
– der Suppenkohl kann nicht dafür –
denn Hunger heißt nur, Vorwand für ein Bier,
und Überdruß leckt jedem Löffel Flächen
und sitzt und zählt die Schritte bis zur Tür.

Die Puppen überleben sich,
der Hahn stirbt vor dem Koch
und kräht woanders, dennoch zittern
in dieser Stadt manchmal die Scheiben.
Die Puppen überleben sich,
der Hahn stirbt vor dem Koch.

Es liegt am Fleisch, der Koch lebt nur im Geist.
Die Zeit vergeht, das Rindfleisch wird nicht weich,
wird später, wird im Schlaf noch dauern,
wird zwischen deinen Zähnen kauern;
es liegt am Fleisch, der Koch lebt nur im Geist.

Sie legten beide, jeder legte sich,
sie legten sich zusammen in den Löffel,
nur weil er hohl war, Schlaf vortäuschte,
– auch hohl war Vorwand und nur Widerspruch –
der Schlaf blieb kurz, und kurz vorm Überkochen

hat beide, und ein jeder lag alleine,
derselbe Löffel abgeschöpft.

Hier ist kein Tod, der nicht zum Löffel führt,
und keine Liebe, die nicht ausgehöhlt
an Löffeln leidet und im Löffel bebt,
sich dreht, worum dreht, da sich alles
mit Löffeln nur um Löffel dreht.

Bleib Löffel, geh.
Wem Löffel, Löffel führt wohin.
Wann Löffel, Löffel kam zu spät.
Wer rührt mich, rührt mich und wohin.
Über und über wen balbiert.
Bleib Löffel, geh – und sag mir nicht wohin.

So lernst du langsam Löffel unterscheiden,
kannst dich in Schubladen nicht mehr vermeiden,
du löffelst mit und läßt dich gern vertauschen,
du gibst dich blechern, gleichst dich an,
hörst deinen Nachbarn, wolltest gar nicht lauschen,
doch Löffel liegt dem Löffel an.

Annabel Lee
Hommage à E. A. Poe

Pflückte beim Kirschenpflücken,
Annabel Lee.
Wollte nach Fallobst mich bücken,
lag, vom Vieh schon berochen,
im Klee lag, von Wespen zerstochen,
mürbe Annabel Lee.
Wollte doch vormals und nie
strecken und beugen das Knie,
Kirschen nicht pflücken,
nie mehr mich bücken
nach Fallobst und Annabel Lee.

Schlug auf beim Bücheraufschlagen,
Annabel Lee.
Öffnete Hähnen den Magen,
lag zwischen Körnern und Glas,
ein Bildnis lag, das war sie,
halbverdaut Annabel Lee.
Wollte doch vormals und nie
sezieren Bücher und Vieh,
Buch nicht aufschlagen,
Magen nicht fragen
nach Bildnis und Annabel Lee.

Saturn

In diesem großen Haus
– von den Ratten,
die um den Abfluß wissen,
bis zu den Tauben,
die nichts wissen –
wohne ich und ahne vieles.

Kam spät nach Hause,
schloß mit dem Schlüssel
die Wohnung auf
und merkte beim Schlüsselsuchen,
daß ich einen Schlüssel brauche,
um bei mir einkehren zu können.

Hatte wohl Hunger,
aß noch ein Hühnchen
mit meinen Händen
und merkte beim Hühnchenessen,
daß ich ein kaltes und totes
Hühnchen aß.

Bückte mich dann,
zog beide Schuhe aus
und merkte beim Schuhausziehen,
daß wir uns bücken müssen,
wenn wir die Schuhe
ausziehen wollen.

Waagerecht lag ich,
rauchte die Zigarette
und war im Dunkeln gewiß,
daß jemand die Hand aufhielt,

als ich meiner Zigarette
die Asche abklopfte.

Nachts kommt Saturn
und hält seine Hand auf.
Mit meiner Asche
putzt seine Zähne Saturn.
In seinen Rachen
werden wir steigen.

Ausgefragt

Nach großem und nach kleingemünztem Zorn –
beliebtes Beispiel, dem man Zucker gab –,
nach soviel Damals und dem Salto
auf einem Hochseil, das periodenlang
gespannt war – Arbeit ohne Netz –,
will, will ich, will ich ganz und gar …
Wie sieht es aus? – Es sah schon schlimmer aus.
Du hattest Glück? – Es lag am Köder.
Und was hast du gemacht seitdem?
In Büchern steht, wie es sich besser machte.
Ich meine, was hast du getan?
Ich war dagegen. Immer schon dagegen.
Und wurdest schuldig? – Nein. Ich tat ja nichts.
Und hast erkannt, was sich erkennen ließ?
Ja. Ich erkannte Gummi mit der Faust.

Und deine Hoffnung? – Log die Wüsten grün.
Und deine Wut? – Sie klirrt als Eis im Glas.
Die Scham? – Wir grüßen uns von fern.
Dein großer Plan? – Zahlt sich zur Hälfte aus.
Hast du vergessen? – Neuerdings, mein Kopf.
Und die Natur? – Oft fahr ich dran vorbei.
Die Menschen? – Seh ich gern im Film.
Sie sterben wieder. – Ja. Ich las davon …
Wer seift mich ab? Mir ist mein Rücken
so fern wie – Nein! –
ich will nicht mehr vergleichen
und wiederkäuen, Silben stechen
und warten, bis die Galle schreibt.
Ist es jetzt besser? – Es sieht besser aus.
Soll ich noch fragen? – Frag mich aus.

Ehe

Wir haben Kinder, das zählt bis zwei.
Meistens gehen wir in verschiedene Filme.
Vom Auseinanderleben sprechen die Freunde.
    Doch meine und Deine Interessen
    berühren sich immer noch
    an immer den gleichen Stellen.
    Nicht nur die Frage nach den Manschettenknöpfen.
    Auch Dienstleistungen:
    Halt mal den Spiegel.
    Glühbirnen auswechseln.
    Etwas abholen.
    Oder Gespräche, bis alles besprochen ist.
Zwei Sender, die manchmal gleichzeitig
auf Empfang gestellt sind.
Soll ich abschalten?
    Erschöpfung lügt Harmonie.
    Was sind wir uns schuldig? Das.
    Ich mag das nicht: Deine Haare im Klo.
Aber nach elf Jahren noch Spaß an der Sache.
Ein Fleisch sein bei schwankenden Preisen.
Wir denken sparsam in Kleingeld.
Im Dunkeln glaubst Du mir alles.
Aufribbeln und Neustricken.
Gedehnte Vorsicht.
Dankeschönsagen.
    Nimm Dich zusammen.
    Dein Rasen vor unserem Haus.
    Jetzt bist Du wieder ironisch.
    Lach doch darüber.
    Hau doch ab, wenn Du kannst.
    Unser Haß ist witterungsbeständig.

Doch manchmal, zerstreut, sind wir zärtlich.
Die Zeugnisse der Kinder
müssen unterschrieben werden.
    Wir setzen uns von der Steuer ab.
    Erst übermorgen ist Schluß.
    Du. Ja Du. Rauch nicht so viel.

König Lear

In der Halle,
in jeder Hotelhalle,
in einem eingesessenen Sessel,
Klub-, Leder-, doch niemals Korbsessel,
zwischen verfrühten Kongreßteilnehmern
und leeren Sesseln, die Anteil haben,
selten, dann mit Distanz gegrüßt,
sitzt er, die von Kellnern umsegelte Insel,
und vergißt nichts.

Diese Trauer findet an sich Geschmack
und lacht mit zwölf Muskeln einerseits.
Viel hört er nicht aber alles
und widerlegt den Teppich.
Die Stukkatur denkt er weg
und stemmt seine Brauen gegen.
Bis sich ihr Blattgold löst,
sprechen Barockengel vor.
Die Kirche schickt Spitzel;
ihm fehlen Komparsen.
Vergeblich ahmen zuviele Spiegel ihn nach.
Seine Töchter sind Anekdoten.

Im Hotel Sacher wird nach Herrn Kortner verlangt.
Herr Kortner läßt sagen, er sei auf der Probe.
In der Halle, in seinem Sessel, stellt jemand sich tot
und trifft sich mit Kent auf der Heide.

Liebe

Das ist es:
Der bargeldlose Verkehr.
Die immer zu kurze Decke.
Der Wackelkontakt.

Hinter dem Horizont suchen.
Im Laub mit vier Schuhen rascheln
und in Gedanken Barfüße reiben.
Herzen vermieten und mieten;
oder im Zimmer mit Dusche und Spiegel,
im Leihwagen, Kühler zum Mond,
wo immer die Unschuld absteigt
und ihr Programm verbrennt,
fistelt das Wort
jedesmal anders und neu.

Heute, vor noch geschlossener Kasse,
knisterten Hand in Hand
der gedrückte Greis und die zierliche Greisin.
Der Film versprach Liebe.

Dreht euch nicht um

Geh nicht in den Wald,
im Wald ist der Wald.
Wer im Wald geht,
Bäume sucht,
wird im Wald nicht mehr gesucht.

Hab keine Angst,
die Angst riecht nach Angst.
Wer nach Angst riecht,
den riechen
Helden, die wie Helden riechen.

Trink nicht vom Meer,
das Meer schmeckt nach mehr.
Wer vom Meer trinkt,
hat fortan
nur noch Durst auf Ozean.

Bau dir kein Haus,
sonst bist du zuhaus.
Wer zuhaus ist,
wartet auf
spät Besuch und macht auf.

Schreib keinen Brief,
Brief kommt ins Archiv.
Wer den Brief schreibt,
unterschreibt,
was von ihm einst überbleibt.

Bevor es verjährt

Unter Verschluß liegt es.
Es kommt nicht oft vor.
Wirft seinen Schatten: es.
Und atmet laut durch die Nase,
hüstelt, nähert sich: es tritt ein.

Wenn sie,
 die Tür,
  nicht schließen will,
weil sich das Holz verzogen hat,
weil sich ein Haar ins Schloß
geschlichen, weil eine Schulter …

Wenn sie
 nicht schließt,
  die Tür,
und Zugluft die alten Papiere
wach hält, weiß ich,
es kommt Besuch.

Den Fuß hält es zwischen.
Es klopft nicht an.
Sitzt schon, bevor es eingetreten.
Und will nicht gehen,
bevor es verjährt.

Der Neubau

Beim Ausschachten,
im März,
stießen wir auf Scherben,
die vom Museum abgeholt wurden.
Das Fernsehen drehte die Übergabe.

Beim Ausgießen der Fundamente,
im Mai,
trat ein Italiener zwischen die Verschalung
und ging verschütt.
Ermittelt wurde menschliches Versagen.

Beim Versetzen der Fertigteile,
im Juni und Juli,
vergaß jemand seinen Henkelmann
in den Hohlräumen der Außenwände.
Diese Bauweise ist ein Isolierverfahren der Firma Schlempp.

Beim Installieren der Leitungen,
im späten September,
verschwanden Fotokopien und ähnliches Ostmaterial
hinter dem Putz.
Die Fernheizung wurde angeschlossen.

Beim Verlegen der Fußböden,
bevor im November die Anstreicher kamen,
verlagerten wir die Vergangenheit des Bauleiters Lübke
unter die Böden.
Später versiegelten wir das Parkett.

Jetzt,
ab Dezember,
ist der Neubau bewohnt;
doch klagen die Mieter über Nebengeräusche.
Sie werden sich gewöhnen müssen.

Kleckerburg

Gestrichnes Korn, gezielte Fragen
verlangt die Kimme lebenslang:
Als ich verließ den Zeugenstand,
an Wände, vor Gericht gestellt,
wo Grenzen Flüsse widerlegen,
sechstausend Meter überm Mief,
zuhause, der Friseur behauchte
den Spiegel und sein Finger schrieb:
Geboren wann? Nun sag schon, wo?
    Das liegt nordöstlich, westlich von
    und nährt noch immer Fotografen.
    Das hieß mal so, heut heißt es so.
    Dort wohnten bis, von dann an wohnten.
    Ich buchstabiere: Wrzeszcz hieß früher.
    Das Haus blieb stehen, nur der Putz.
    Den Friedhof, den ich, gibts nicht mehr.
    Wo damals Zäune, kann heut jeder.
    So gotisch denkt sich Gott was aus.
    Denn man hat wieder für viel Geld.
    Ich zählte Giebel, keiner fehlte:
    das Mittelalter holt sich ein.
    Nur jenes Denkmal mit dem Schwanz
    ist westwärts und davon geritten.
Und jedes Pausenzeichen fragt;
denn als ich, zwischen Muscheln, kleckerte mit Sand,
als ich bei Brentau einen Grabstein fand,
als ich Papier bewegte im Archiv
und im Hotel die Frage in fünf Sprachen:
Geboren wann und wo, warum?
nach Antwort schnappte, beichtete mein Stift:
    Das war zur Zeit der Rentenmark.
    Hier, nah der Mottlau, die ein Nebenfluß,

wo Forster brüllte und Hirsch Fajngold schwieg,
hier, wo ich meine ersten Schuhe
zerlief, und als ich sprechen konnte,
das Stottern lernte: Sand, klatschnaß,
zum Kleckern, bis mein Kinder-Gral
sich gotisch türmte und zerfiel.
Das war knapp zwanzig Jahre nach Verdun;
und dreißig Jahre Frist, bis mich die Söhne
zum Vater machten; Stallgeruch
hat diese Sprache, Sammeltrieb,
als ich Geschichten, Schmetterlinge spießte
und Worte fischte, die gleich Katzen
auf Treibholz zitterten, an Land gesetzt,
zwölf Junge warfen: grau und blind.
Geboren wann? Und wo? Warum?
Das hab ich hin und her geschleppt,
im Rhein versenkt, bei Hildesheim begraben;
doch Taucher fanden und mit Förderkörben
kam Strandgut Rollgut hoch, ans Licht.
Bucheckern, Bernstein, Brausepulver,
dies Taschenmesser und dies Abziehbild,
ein Stück vom Stück, Tonnagezahlen,
Minutenzeiger, Knöpfe, Münzen,
für jeden Platz ein Tütchen Wind.
Hochstapeln lehrt mein Fundbüro:
Gerüche, abgetretne Schwellen,
verjährte Schulden, Batterien,
die nur in Taschenlampen glücklich,
und Namen, die nur Namen sind:
Elfriede Broschke, Siemoneit,
Guschnerus, Lusch und Heinz Stanowski;
auch Chodowiecki, Schopenhauer
sind dort geboren. Wann? Warum?
Ja, in Geschichte war ich immer gut.

Fragt mich nach Pest und Teuerung.
Ich bete läufig Friedensschlüsse,
die Ordensmeister, Schwedennot,
und kenne alle Jagellonen
und alle Kirchen, von Johann
bis Trinitatis, backsteinrot.
Wer fragt noch wo? Mein Zungenschlag
ist baltisch tückisch stubenwarm.
Wie macht die Ostsee? – Blubb, pifff, pschsch …
Auf deutsch, auf polnisch: Blubb, pifff, pschsch …
Doch als ich auf dem volksfestmüden,
von Sonderbussen, Bundesbahn
gespeisten Flüchtlingstreffen in Hannover
die Funktionäre fragte, hatten sie
vergessen, wie die Ostsee macht,
und ließen den Atlantik röhren;
ich blieb beharrlich: Blubb, pifff, pschsch …
Da schrien alle: Schlagt ihn tot!
Er hat auf Menschenrecht und Renten,
auf Lastenausgleich, Vaterstadt
verzichtet, hört den Zungenschlag:
Das ist die Ostsee nicht, das ist Verrat.
Befragt ihn peinlich, holt den Stockturm her,
streckt, rädert, blendet, brecht und glüht,
paßt dem Gedächtnis Schrauben an.
Wir wollen wissen, wo und wann.
Nicht auf Strohdeich und Bürgerwiesen,
nicht in die Pfefferstadt – ach, wär ich doch
geboren zwischen Speichern auf dem Holm! –
in Strießbachnähe, nah dem Heeresanger
ist es passiert, heut heißt die Straße
auf polnisch Lelewela – nur die Nummer
links von der Haustür blieb und blieb.
Und Sand, klatschnaß, zum Kleckern: Gral …

In Kleckerburg gebürtig, westlich von.
Das liegt nordwestlich, südlich von.
Dort wechselt Licht viel schneller als.
Die Möwen sind nicht Möwen, sondern.
Und auch die Milch, ein Nebenarm der Weichsel,
floß mit dem Honig brückenreich vorbei.
    Getauft geimpft gefirmt geschult.
    Gespielt hab ich mit Bombensplittern.
    Und aufgewachsen bin ich zwischen
    dem Heilgen Geist und Hitlers Bild.
    Im Ohr verblieben Schiffssirenen,
    gekappte Sätze, Schreie gegen Wind,
    paar heile Glocken, Mündungsfeuer
    und etwas Ostsee: Blubb, pifff, pschsch …

Luft holen

Seife und Äpfel kaufen.
Möwen habe ich schon beschrieben.
Diese sind kleiner.

Eisgrütze auf den Grachten igelt sich ein.
Wer hat die Mädchen
mit Graupeln beworfen: zu fettes Essen?

Man sagt, die Königin subventioniere
die Fahrräder.
Und eine der Tulpen heißt: Lustige Witwe.

Es ist schon so, daß die Zwiebel,
wenn man sie streichelt,
am Ende ja sagt.

Tagsüber lache ich vor mich hin.
Das darf man hier:
vorsichhinlachen und luftholen.

März

Schon wieder mischen sie Beton.
Von rostiger Armierung taut
die letzte Hemmung, Fertigteile
verfügen sich und stehen stramm:
Komm. Paß dich an. Komm. Paß dich an.
    Als meine Wut den Horizont verbog,
    als ich den Müll nicht schlucken wollte,
    als ich mit kleinen spitzen Verben
    Bereifung schlitzte – Warum parken Sie? –,
    als ich den Pudding durch ein Haarsieb hetzte
    und ihm sein rosa Gegenteil bewies,
    als ich mir Schatten fing, als Schattenfänger
    bezahlt, danach veranlagt wurde,
    als ich die Nägel himmelwärts
    durch frischgestrichne Bänke trieb,
    als ich Papier, mit Haß bekritzelt,
    zu Schiffchen faltete und schwimmen ließ,
    als Liebe einen Knochen warf
    und meine Zunge sich Geschmack erdachte,
    als ich beschloß, die Gürtelrose zu besprechen,
    nur weil im Welken noch drei Gramm Genuß,
    als ich, es nieselte, die Bronze leckte
    und schwellenscheu die Fotzen heilig sprach,
    als meine Finger läufig wurden
    und längs den Buden jedes Astloch deckten,
    als ich die Automaten, bis game over,
    bei kleinen Stößen Klingeln lehrte,
    als jede Rechnung unterm Strich
    auf minus neunundsechzig zählte,
    als ich bei Tauben lag und schwören mußte:
    Nie wieder werde ich mit Möwen! –
    als ich ein Ohr besprang, um Ablaß bat:

Zu trocken sind die Engel und zu eng! –
als nur noch Kopfstand mir Vokabeln gab:
Ich liebe dich. Ich liebe dich. –
Als Winterfutter aus den Mänteln
geknöpft und eingemottet wurde,
als sich das Treibhaus bunt erbrach –
Lautsprecher in den März gestellt –,
als Kitzel Krätze Fisch und Lauch
sich stritten, brach der Frühling aus:
Ich hab genug. Komm. Zieh dich aus.

Vorgeträumt

Vorsicht! sage ich, Vorsicht.
Mit dem Wetter schlägt auch das bißchen Vernunft um.
Schon ist Gefühl zu haben, das irgendwie ist:
irgendwie komisch, unheimlich irgendwie.
Wörter, die brav ihren Sinn machten,
tragen ihr Futter gewendet.
Zeit bricht um.
Wahrsager ambulant.
Zeichen am Himmel – runenhafte, kyrillische –
will wer wo gesehen haben.
Filzschreiber – einer oder ein Kollektiv – verkünden
auf Kritzelwänden der U-Bahnstationen: Glaubt mir glaubt!

Jemand – es kann auch ein Kollektiv sein – hat einen Willen,
den niemand bedacht hat.
Und die ihn fürchten, päppeln ihn hoch mit Furcht.
Und die ihr Vernünftlein noch hüten,
schrauben die Funzel kleiner.
Ausbrüche von Gemütlichkeit.
Gruppendynamische Tastversuche.
Wir rücken zusammen: noch vermuten wir uns.

Etwas, eine Kraft, die noch nicht, weil kein Wort taugt,
benannt worden ist, verschiebt, schiebt.
Das allgemeine Befinden meint diesen Rutsch
(zugegeben: wir rutschen) mehrmals und angenehm
vorgeträumt zu haben: Aufwärts! Es geht wieder aufwärts.

Nur ein Kind – es können auch Kinder im Kollektiv sein –
ruft: Da will ich nicht runter. Will ich nicht runter.
Aber es muß.
Und alle reden ihm zu: vernünftig.

Doktor Zärtlich

Fehlt was?
Was fehlt denn?
Dein Atem im Nacken.
Etwas, das lutscht kaut leckt.
Die Kälberzunge, der Mäusebiß.

Es geht ein Wunsch um die Welt nach Nuschelworten,
die keinen Sinn geben.
Kinder lispeln ihn, Greise, die unter der Decke
mit ihrem Daumen für sich bleiben.
Und deine Haut, nun befragt, erschrickt unterm Test:
Scheu, die im Dunkeln (als uns Gesellschaft verging)
nicht abgelegt wurde.

Jemand heißt Doktor Zärtlich
und lebt noch immer verboten versteckt.

Was fehlt,
nennt die zählende Wissenschaft: Streicheleinheiten,
für die es keinen,
vorerst keinen Ersatz gibt.

Am Ende

Männer, die mit bekanntem Ausdruck
zu Ende denken,
schon immer zu Ende gedacht haben;
Männer, denen nicht Ziele – womöglich mögliche –
sondern das Endziel – die entsorgte Gesellschaft –
hinter Massengräbern den Pflock gesteckt hat;
Männer, die aus der Summe datierter Niederlagen
nur einen Schluß ziehen: den rauchverhangenen Endsieg
auf gründlich verbrannter Erde;
Männer, wie sie auf einer der täglichen Konferenzen,
nachdem sich das Gröbste als technisch machbar erwies,
die Endlösung beschließen,
sachlich männlich beschlossen haben;
Männer mit Überblick,
denen Bedeutung nachläuft,
große verstiegene Männer,
die niemand, kein warmer Pantoffel
hat halten können,
Männer mit steiler Idee, der Taten platt folgten,
sind endlich – fragen wir uns – am Ende?

Manzi Manzi

Zwischen getrennten Betten
ist auf Rufweite
von den Geschlechtern die Rede.

Ausreden! Laß mich ausreden.
Du hast nichts mehr zu sagen.
Du hast Jahrhunderte lang.
Dir schalten wir einfach den Ton ab.
Ohne Text bist du
nicht mal mehr komisch bist du.

Manzi Manzi! rufen die Kinder
der Ilsebill aus dem Märchen nach.
Sie hat zerschlagen, was lieb und teuer ist.
Sie hat mit stumpfem Beil
das bißchen Einundalles gekappt.
Sie will aus sich, nur noch aus sich
und kein gemeinsames Konto mehr.

Aber uns gab es doch: ich und du – wir.
Ein doppeltes Ja im Blick.
Ein Schatten, in dem wir erschöpft,
vielgliedrig dennoch ein Schlaf
und Foto waren, auf dem wir uns treu.

Haß bildet Sätze.
Wie sie abrechnet, mich fertigmacht,
aus ihrer Rolle wächst, überragt
und zuende redet: Ausreden! Laß mich ausreden!
Und gewöhn dir endlich das Uns und das Wir ab.

Manzi Manzi! stand in Tontäfelchen geritzt,

die als minoische Funde (Knossos, erste Palastperiode)
lange Zeit nicht entziffert wurden.
Man hielt das für Haushaltsrechnungen,
Fruchtbarkeitsformeln,
mutterrechtlichen Kleinkram.

Aber schon anfangs (lange vor Ilsebill)
agitierte die Göttin.

Esau sagt

Zu Linsen begnadigt.
In einem Meer Linsen ertrinken.
Auf meinem linsengefüllten Kissen.
Hoffnung findet sich linsengroß.
Und alle Propheten wollen nur immer
die wunderbare Linsenvermehrung.

Und als er auferstanden am dritten Tag,
war sein Verlangen nach Linsen groß.

Zum Frühstück schon.
Eingedickt, bis der Löffel steht.
Zu Hammelnacken mit Majoran frisch.
Oder erinnerte Linsen: Einmal, als König Bathory
von der Jagd ins Lager zurückkam,
hat ihm die Nonne Rusch einen Fasan (vorjährig zäh)
mit Linsen polnisch zu Suppe verkocht.

Mit einem Beutel voll ging ich und ohne Furcht.
Seit mir sind Erstgeburten zu haben.
Ausgezahlt lebe ich linsengerecht.
Mein Brüderchen plagt sich.

Übers Wetter geredet

Plötzlich will keiner mehr Vorfahrt haben.
Wohin denn und warum schnell?
Nur hinten – doch wo ist hinten? –
drängeln sie noch.

Ob jene Zahlreichen,
die weit entfernt hungern,
doch sonst kaum auffallen,
daran gehindert werden dürfen,
ist eine Frage, die beiläufig
immer wieder gestellt wird.
Die Natur – so heißt es nun auch im Dritten Programm –
wird sich zu helfen wissen.
Sachlich sein.
Bei uns bleibt genug zu tun.
Die vielen kaputten Ehen.
Methoden, nach denen zwei mal zwei vier ist.
Notfalls Beamtenrecht.

Am Abend stellen wir zornig fest,
daß auch das Wetter vorausgesagt falsch war.

Am Hungertuch nagen

Immer schon sprach aus hohlem Bauch
die Mehlschütte Trost,
und Schnee fiel wie zum Beweis.

Nagte er nur die verhängte Karwoche lang,
wäre das Fasten ein Spaß,
Fladen mit nichts zu beißen,
aber es deckt den Winter über bis in den März
das Tuch totenstill meine Gegend,
während woanders die Speicher schlau
und die Märkte gesättigt sind.

Gegen den Hunger ist viel geschrieben worden.
Wie schön er macht.
Wie frei von Schlacke seine Idee ist.
Wie dumm die Made im Speck bleibt.
Und immer schon gab es Schweizer,
die sich vor Gott (oder sonstwem)
wohltätig zeigten: es fehlte ja nur
das Notwendigste.

Als aber endlich genug war
und Amanda Woyke mit Korb, Hacke und ihren Töchtern
in die Kartoffeln ging, saßen woanders Herren am Tisch
und sorgten sich um den fallenden Preis der Hirse.

Es ist die Nachfrage, sagte Professor Bürlimann,
die immer alles am Ende regelt –
und lächelte liberal.

Zum Fürchten

Im Wald laut rufen.
Die Pilze und Märchen
holen uns ein.

Jede Knolle treibt jüngeren Schrecken.
Noch unter eigenem Hut,
doch die Angsttrichter rings
sind schon gestrichen voll.

Immer war schon wer da.
Zerstörtes Bett – bin ich es gewesen?
Nichts ließ mein Vorgänger stehn.

Wir unterscheiden: schmackhafte
ungenießbare giftige Pilze.
Viele Pilzkenner sterben früh
und hinterlassen gesammelt Notizen.

Reizker, Morchel, Totentrompete.

Mit Sophie gingen wir in die Pilze,
bevor der Kaiser nach Rußland zog.
Ich verlor meine Brille
und nahm den Daumen;
sie fand und fand.

Wortwechsel

Im ersten Monat wußten wir nicht genau,
und nur der Eileiter hatte begriffen.
Im zweiten Monat stritten wir ab,
was wir gewollt, nicht gewollt,
gesagt, nicht gesagt hatten.
Im dritten Monat veränderte sich der faßbare Leib,
aber die Wörter wiederholten sich nur.
Als mit dem vierten Monat das Neue Jahr begann,
begann nur das Jahr neu; die Wörter blieben verbraucht.
Erschöpft, aber noch immer im Recht,
schrieben wir den fünften, den sechsten Monat ab:
Es bewegt sich, sagten wir unbewegt.
Als wir im siebten Monat geräumige Kleider kauften,
blieben wir eng und stritten uns
um den dritten, versäumten Monat;
erst als ein Sprung über den Graben
zum Sturz wurde –
Spring nicht! Nein! Wart doch. Nein. Spring nicht! –,
sorgten wir uns: Stammeln und Flüstern.
Im achten Monat waren wir traurig,
weil die Wörter, im zweiten und vierten gesagt,
sich immer noch auszahlten.
Als wir im neunten Monat besiegt waren
und das Kind unbekümmert geboren wurde,
hatten wir keine Wörter mehr.
Glückwünsche kamen durchs Telefon.

Kinderstunde

Dein Vater, Helene, der sich beruflich bücken muß,
sammelt Federn Pilze Geschichten,
in denen Federn geblasen und Kinder,
die in die Pilze gingen, verloren gehen.

Oft, wenn ich Pilze und Federn sammle,
finde ich Wörter, die Richtlinie und Beschluß heißen.
Sie riechen nicht, fliegen nicht,
sind aber gut für Geschichten,
in denen verboten ist, Federn zu blasen,
in denen alles, was Pilz genannt wird,
tödlich, ohne Widerspruch tödlich ist.

Nur noch im Fernsehen dürfen im tiefen Wald
Kinder verloren gehen,
bis eine Feder, die sich in Schwebe hält,
ihnen den Weg zeigt aus der Geschichte.

Jetzt kritzel ich über alles schnelles Gestrüpp,
damit du dich dennoch glücklich verlaufen kannst.

Federn blasen

Das war im Mai, als Willy zurücktrat.
Ich hatte mit Möwenfedern den sechsten tagsüber
mich gezeichnet: ältlich schon und gebraucht,
doch immer noch Federn blasend,
wie ich als Junge (zur Luftschiffzeit)
und auch zuvor,
soweit ich mich denke (vorchristlich steinzeitlich)
Federn, drei vier zugleich,
den Flaum, Wünsche, das Glück
liegend laufend geblasen
und in Schwebe (ein Menschenalter) gehalten habe.

Willy auch.
Sein bestaunt langer Atem.
Woher er ihn holte.
Seit dem Lübecker Pausenhof.
Meine Federn - einige waren seine - ermatten.
Zufällig liegen sie, wie gewöhnlich.

Draußen, ich weiß, bläht die Macht ihre Backen;
doch keine Feder,
kein Traum wird ihr tanzen.

Müll unser

Suchte Steine und fand
den überlebenden Handschuh
aus synthetischer Masse.

Jeder Fingerling sprach.
Nein, nicht die dummen Seglergeschichten,
sondern was bleiben wird:

Müll unser
Strände lang.
Während abhanden wir
niemand Verlust sein werden.

WEIL DER WALD
an den Menschen stirbt,
fliehen die Märchen,
weiß die Spindel nicht,
wen sie stechen soll,
wissen des Mädchens Hände,
die der Vater ihm abgehackt,
keinen einzigen Baum zu fassen,
bleibt der dritte Wunsch ungesagt.

Nichts gehört mehr dem König Drosselbart.
Es können die Kinder sich nicht mehr verlaufen.
Keine Zahl Sieben bedeutet mehr als sieben genau.

Weil an den Menschen der Wald starb,
gehen die Märchen zu Fuß in die Städte
und böse aus.

ES WAR EINMAL ein Land, das hieß Deutsch.
Schön war es, gehügelt und flach
und wußte nicht, wohin mit sich.
Da machte es einen Krieg, weil es überall
auf der Welt sein wollte, und wurde klein davon.
Nun gab es sich eine Idee, die Stiefel trug,
gestiefelt als Krieg ausging, um die Welt zu sehen,
als Krieg heimkam, harmlos tat und schwieg,
als habe sie Filzpantoffeln getragen,
als habe es auswärts nichts Böses zu sehen gegeben.
Doch rückläufig gelesen, konnte die gestiefelte Idee
als Verbrechen erkannt werden: so viele Tote.
Da wurde das Land, das Deutsch hieß, geteilt.
Nun hieß es zweimal und wußte,
so schön gehügelt und flach es war,
immer noch nicht, wohin mit sich.
Nach kurzem Bedenken bot es für einen dritten Krieg
sich beiderseits an.
Seitdem kein Sterbenswort mehr, Friede auf Erden.

MIR TRÄUMTE, ich müßte Abschied nehmen
von allen Dingen, die mich umstellt haben
und ihren Schatten werfen: die vielen besitzanzeigenden
Fürwörter. Abschied vom Inventar, dieser Liste
diverser Fundsachen. Abschied
von den ermüdenden Düften,
den Gerüchen, mich wachzuhalten, von der Süße,
der Bitternis, vom Sauren an sich
und von der hitzigen Schärfe des Pfefferkorns.
Abschied vom Ticktack der Zeit, vom Ärger am Montag,
dem schäbigen Mittwochsgewinn, vom Sonntag
und dessen Tücke, sobald Langeweile Platz nimmt.
Abschied von allen Terminen: was zukünftig
fällig sein soll.

Mir träumte, ich müßte von jeder Idee, ob tot
oder lebend geboren, vom Sinn, der den Sinn
hinterm Sinn sucht,
und von der Dauerläuferin Hoffnung auch
mich verabschieden. Abschied vom Zinseszins
der gesparten Wut, vom Erlös gespeicherter Träume,
von allem, was auf Papier steht, erinnert zum Gleichnis,
als Roß und Reiter Denkmal wurde. Abschied
von allen Bildern, die sich der Mensch gemacht hat.
Abschied vom Lied, dem gereimten Jammer, Abschied
von den geflochtenen Stimmen, vom Jubel sechschörig,
dem Eifer der Instrumente,
von Gott und Bach.

Mir träumte, ich müßte Abschied nehmen
vom kahlen Geäst,
von den Wörtern Knospe, Blüte und Frucht,
von den Zeiten des Jahres, die ihre Stimmungen
satt haben und auf Abschied bestehen.
Frühnebel. Spätsommer. Wintermantel. April April! rufen,

noch einmal Herbstzeitlose und Märzbecher sagen,
Dürre Frost Schmelze.
Den Spuren im Schnee davonlaufen. Vielleicht
sind zum Abschied die Kirschen reif. Vielleicht
spielt der Kuckuck verrückt und ruft. Noch einmal
Erbsen aus Schoten grün springen lassen. Oder
die Pusteblume: Jetzt erst begreife ich, was sie will.

Ich träumte, ich müßte von Tisch, Tür und Bett
Abschied nehmen und den Tisch, die Tür und das Bett
belasten, weit öffnen, zum Abschied erproben.
Mein letzter Schultag: Ich buchstabiere die Namen
der Freunde und sage ihre Telefonnummern auf: Schulden
sind zu begleichen; ich schreibe zum Schluß meinen Feinden
ein Wort: Schwamm drüber – oder:
Es lohnte den Streit nicht.
Auf einmal habe ich Zeit.
Es sucht mein Auge, als sei es geschult worden,
Abschied zu nehmen, rundum Horizonte, die Hügel
hinter den Hügeln, die Stadt
auf beiden Seiten des Flusses ab,
als müßte erinnert verschont gerettet werden, was
auf der Hand liegt: zwar aufgegeben, doch immer noch
dinglich, hellwach.

Mir träumte, ich müßte Abschied nehmen
von dir, dir und dir, von meinem Ungenügen,
dem restlichen Ich: was hinterm Komma blieb
und kümmert seit Jahren.
Abschied von sattsam vertrauter Fremde,
von den Gewohnheiten, die sich recht geben höflich,
von unserem eingeschrieben verbrieften Haß. Nichts
war mir näher als deine Kälte. Soviel Liebe genau
falsch erinnert. Am Ende
war alles versorgt: Sicherheitsnadeln zuhauf.

Bleibt noch der Abschied von deinen Geschichten,
die immer das Bollwerk, den Dampfer suchen,
der von Stralsund, aus der brennenden Stadt
beladen mit Flüchtlingen kommt;
und Abschied von meinen Gläsern, die Scherben, allzeit
nur Scherben, sich selbst als Scherben
im Sinn hatten. Nein,
keine Kopfstände mehr.

Und nie wieder Schmerz. Nichts,
dem Erwartung entgegenliefe. Dieses Ende
ist Schulstoff, bekannt. Dieser Abschied
wurde in Kursen geübt. Seht nur, wie billig
Geheimnisse nackt sind! Kein Geld zahlt Verrat mehr aus.
Zu Schleuderpreisen des Feindes entschlüsselte Träume.
Endlich hebt sich der Vorteil auf, macht uns
die Schlußrechnung gleich,
siegt zum letzten Mal die Vernunft,
ist ohne Unterschied alles,
was einen Odem führt, alles, was kreucht
und fleucht, alles, was noch
ungedacht und was werden sollte vielleicht,
am Ende und scheidet aus.

Doch als mir träumte, ich müßte
von jeglicher Kreatur, damit von keinem Getier,
dem einst Noah die Arche gezimmert,
Nachgeschmack bliebe, Abschied nehmen sofort,
träumte ich nach dem Fisch, dem Schaf und dem Huhn,
die mit dem Menschengeschlecht alle vergingen,
eine einzelne Ratte mir, die warf neun Junge
und hatte Zukunft für sich.

MEIN ZORN, ein Straftäter mit Vorsatz,
darf nicht ausbrechen.
Einsicht hindert ihn, dieser dem Weitblick nur
durchlässige Zaun.

So, aus Distanz und gesättigt von abgelagertem Zorn,
der eingedickt reifte, wie Käse reift, sehe ich,
wie sie durchaus vernünftig
das Ende bereiten: sorgfältig im Detail.

Unbeirrbare Erzengel haben sich qualifiziert.
An ihnen scheitert unsere kleine Angst, die leben,
um jeden Preis leben möchte, als sei Leben
ein Wert an sich.

Wohin mit dem Zorn, der nicht ausbrechen kann?
Ihn in Briefen verzetteln, die Briefe,
nur Briefe zur Folge haben, in denen,
wie sie nun einmal ist, die Lage zutiefst bedauert wird?

Oder ihn häuslich machen,
auf zerbrechliche Gegenstände dressieren?
Oder ihn Stein werden lassen,
der nach Schluß bliebe?

Von keiner Einsicht umzäunt
läge er endlich frei
und gäbe versteinert Zeugnis, mein Zorn,
der nicht ausbrechen durfte.

ES SOLLEN DIE grauen und schwarzen,
aus der Kreide gefallenen Steine,
die vor Møns Küste zuhauf liegen,
älter sein, als zu denken ist.

Wir sind Sommer für Sommer Touristen,
legen den Kopf in den Nacken
und sehen hoch zu den Kuppen der Kreidefelsen,
die Klinten heißen und dänische Namen tragen.
Dann sehen wir, was den Klinten und uns zu Füßen
gehäuft liegt: zu Körpern gerundete Feuersteine,
manche mit scharfem Bruch.

Nur selten und immer seltener,
wenn Glück uns wie ein Möwenflug streift,
finden wir Getier, das zu Stein wurde,
einen Seeigel etwa.

Abschied von Møn und dem Blick nach drüben.
Abschied von der Sommer- und Kinderinsel,
mit der wir älter und dänischer hätten werden können.
Abschied von Radaranlagen, die über Buchenwäldern
uns abschirmen sollen.

Könnten wir doch in Kreide uns betten und überdauern,
bis in fünfundsiebzig Millionen Jahren genau
Touristen der neuen Art kommen, die, vom Glück berührt,
Teilchen von uns versteinert finden: mein Ohr,
deinen deutenden Finger.

KINDER, wir spielen Verlaufen
und finden uns viel zu schnell.

Was hinter den Sieben Bergen liegt,
wissen wir nun: das Hotel »Hinter den Sieben Bergen«,
in dessen Kiosk niedliche Andenken
aus Zeiten der Unwissenheit käuflich sind,
als uns das Rumpelstilzchensyndrom
noch böhmisch war.

Jedes Märchen gedeutet. Im Seminar
stricken gute und böse Feen.
Das Genossenschaftswesen der Zwerge.
Die Hexe und ihr soziales Umfeld.
Hänsel und Gretel im Spätkapitalismus oder
was alles zum Drosselbartkonzern gehört.
In einer Fallstudie
wird Dornröschens Tiefschlaf behandelt.

Nach Meinung der Brüder Grimm jedoch,
wären die Kinder,
könnten sie sich verlaufen, gerettet.

UNSER VORHABEN HIESS: Nicht nur, wie man mit Messer
und Gabel, sondern mit seinesgleichen auch,
ferner mit der Vernunft, dem allmächtigen Büchsenöffner
umzugehen habe, solle gelernt werden
nach und nach.

Erzogen möge das Menschengeschlecht sich frei,
jawohl, frei selbstbestimmen, damit es,
seiner Unmündigkeit ledig, lerne, der Natur behutsam,
möglichst behutsam das Chaos
abzugewöhnen.

Im Verlauf seiner Erziehung habe das Menschengeschlecht
die Tugend mit Löffeln zu essen, fleißig den Konjunktiv
und die Toleranz zu üben,
auch wenn das schwerfalle
unter Brüdern.

Eine besondere Lektion trug uns auf,
den Schlaf der Vernunft zu bewachen,
auf daß jegliches Traumgetier
gezähmt werde und fortan der Aufklärung brav
aus der Hand fresse.

Halbwegs erleuchtet mußte das Menschengeschlecht
nun nicht mehr planlos im Urschlamm verrückt spielen,
vielmehr begann es, sich mit System zu säubern.
Klar sprach erlernte Hygiene sich aus: Wehe
den Schmutzigen!

Sobald wir unsere Erziehung fortgeschritten nannten,
wurde das Wissen zur Macht erklärt
und nicht nur auf Papier angewendet. Es riefen
die Aufgeklärten: Wehe
den Unwissenden!

Als schließlich die Gewalt, trotz aller Vernunft,
nicht aus der Welt zu schaffen war, erzog sich
das Menschengeschlecht zur gegenseitigen Abschreckung.
So lernte es Friedenhalten, bis irgendein Zufall
unaufgeklärt dazwischenkam.

Da endlich war die Erziehung des Menschengeschlechts
so gut wie abgeschlossen. Große Helligkeit
leuchtete jeden Winkel aus. Schade, daß es danach
so duster wurde und niemand mehr
seine Schule fand.

DIE SCHÖNEN WÖRTER.

Nie mehr soll Labsal gesagt werden.
Keine Zunge rührt sich, mit Schwermut zu sprechen.
Nie wieder Stimmen, die uns Glückseligkeit künden.
Soviel Kümmernis sprachlos.
Abschied von Wörtern, die vom Mann im Land Uz sagen,
er sei nacket von seiner Mutter Leibe kommen.

Könnten wir fernerhin Biermolke
oder Mehlschütte, Honigseim, Krug sagen.
So barmen wir der Amme nach.
Wer weiß, daß der Specht einst Bienenwolf hieß?
Wer hieße gerne Nepomuk, Balthasar, Hinz oder Kunz?
Abschied nehmen Wörter, die um die Morgengabe,
ums Vesperbrot, Abendmahl baten.

Wer wird uns Lebewohl nachrufen,
wer flüstern, das Bett ist gemacht?
Nichts wird uns beiliegen, beschatten, beiwohnen
und uns erkennen, wie der Engel der Jungfrau
verheißen hat.

Zum Abschied mit Taubheit geschlagen,
gehen die Wörter uns aus.

HEXE, HEXEN, verhext.
Nicht drei Haare gerieben,
kein Bilsenkraut mischt sich drein.
Weder treibendes Korn noch überzählige Tropfen,
nicht das bannende, nicht das lösende Wort
sind vonnöten.

Wir wissen und haben gelernt,
den Kürbis mit der Zwiebel, die Maus
mit der Katze zu paaren.
Zwei Gene hier-, vier Gene dorthin: wir manipulieren.
Was heißt schon Natur! Zu allem geschickt,
verbessern wir Gott.

In alten Wörterbüchern finden sich nur
Chimären der niederen Art.
Bald wird der höhere Mensch gelingen;
unser Programm sieht ihn vor.
Gespeichert in Genbanken bereichert er täglich sich:
nicht nur begabt mit Vernunft.

Vor allen Tieren – noch vor dem Schwein –
teilt sich besonders gefällig
die Ratte dem Menschen mit,
auf daß er sich überwinde.

UND DANN, und dann?
Dann kam die Währungsreform.
Und danach, was kam danach?
Was vorher fehlte, kam wunderbar Stück für Stück,
das meiste auf Raten.
Und wie ging es weiter, als alles da war?
Wir schafften uns Kinder und Zubehör an.
Und die Kinder, was machten die Kinder dann?
Fragen stellten sie dumm, was davor gewesen
und dann und danach war.
Und? Habt ihr ausgepackt alles?
Wir erinnerten uns
an das Badewetter im Sommer neununddreißig.
An was noch?
Schlimme Zeiten danach.
Und dann und danach?
Dann kam die Währungsreform.

MEHR UND MEHR ängstigen sich die Kinder.
Sie färben ihr Haar grell,
sie schminken sich schimmelgrün
oder kreideweiß,
um die Angst zu verschrecken.
Uns abhanden gekommen, schreien sie stumm.

Mein Freund, mit mir älter geworden
– wir sehen uns selten, grüßen einander von fern –,
der mit der Flöte, dem die Kadenzen
immer anders gelingen, hat seinen Sohn,
der zwanzig zählte, mehrmals beinahe,
nun ganz verloren.

Söhne, biblisch oder sonstwie versorgte,
entlaufen früh.
Niemand will mehr den sterbenden Vater erleben,
den Segen abwarten, Schuld auf sich nehmen.
Unser Angebot – immer billiger – rührt nur noch uns.
So leben lohnt nicht.
Für diese Strecke – nach unserem Maß –
haben sie keine Zeit.
Was wir aushielten, uns witzig ermunternd,
soll nicht mehr auszuhalten sein.
Nicht mal ein zorniges Nein wollen sie
gegen unser fleißiges Ja setzen;
knipsen sich einfach aus.

Ach, lieber Freund, was hat uns
so langlebig zweifeln gelehrt?
Von wann an irrten wir folgerichtig auf Ziele zu?
Warum sind wir möglich ganz ohne Sinn?

Wie ich um meine Söhne bange, um mich;
denn auch die Mütter, geübt im Allesverstehen,
wissen nicht ein noch aus.

DAS HABEN wir nicht gewollt,
sagen die tief Betroffenen zu anderen,
die gleichfalls zutiefst betroffen sind:
soviel Betroffenheit von statistischem Wert.
Nie war die Einschaltquote so hoch.

Wir sind bestürzt! rufen Chöre
anderen Chören zu, die zutiefst erschüttert sind.
Mehrheitlich, wie sich auszählen läßt,
sind wir bestürzt und erschüttert zutiefst.
Danach ist von frisch gewonnener Festigkeit
und von Verlusten die Rede,
mit denen man leben müsse, so traurig das sei.

Die neue Mehrheit hat wieder Mut gefaßt
und läßt sich nicht unterkriegen so leicht.
Dennoch sollte der Mensch, heißt es in Kommentaren,
Betroffenheit zeigen können; wenigstens
nach der Abendschau ab und zu.

AUF DER SUCHE nach Unterschied zum Getier
wird gern als menschliches Sondervermögen
die Liebe genannt.
Nicht Nächstenliebe, die Tieren geläufiger
als dem Menschen ist, soll hier gemeint sein,
vielmehr geht es um Tristan und Isolde
und andere exemplarische Paare,
die selbst unter Schwänen
nicht auszudenken sind.
So wenig wir vom Wal und seiner Kuh wissen,
Szenen wie zwischen Faust und Gretchen
wären diesen Großsäugern fremd,
wenn nicht unnatürlich.
Höher als des Hirsches Brunst steht das Hohelied Salomonis.
Nichts Äffisches reicht an die Liebenden von Verona heran.
Keine Nachtigall, nicht die Lerche, nur der Mensch
liebt um jeden Preis, außerhalb der Saison, bis zum Wahn
und über den Tod hinaus.
Wie man weiß, möchten die Liebenden
einander auffressen sogar.
Das stimmt, Liebste: mit Haut und Haaren sogleich.
Vorher jedoch – und bei Lautenmusik –
braten wir uns ein Doppelstück
saftig vom Schwein.

WAS LANGE verboten war:
in Form von Nachrufen findet nun
ein Gespräch über Bäume statt.

WÄHREND DIE MAUER löcherig wurde
und viele Menschen, um Jahrzehnte
gealtert, sich wiedersahen, wuchs –
ohne Schlagzeilen zu machen –
unser aller Ozonloch, dieser gänzlich
humorlose Spielverderber.

SO LICHT geträumt
– lyrischer nie –
gelingen die Wälder.
Schlanker noch als gedacht,
spröde dem nächsten Wind übers Knie.

SCHÖN BIS ZULETZT und frei endlich
vom gemeinen Nutzen.

Zu Fall gekommen,
bäumt er sich auf.

Doch stehen auf ersten Blick
noch Wälder genug herum.

Novemberland

Da komm ich her. Das feiert jährlich alle Neune.
Von dem ich weg will über selbsterdachte Zäune,
doch in verkehrten Schuhen dahin laufe, wo ich heiße
und ruchbar bin für die zurückgelaßne Scheiße.

Das bleibt veränderlich sich gleich
und ähnelt unterm Schutt der Moden –
mal sind es Jeans, dann wieder Loden –
den abgelebten Fotos aus dem Dritten Reich.

Novembertote, laßt sie ruhn!
Wir haben mit uns Lebenden genug zu tun.
Doch diese sind nicht jene, jene sind erwacht
und haben sich als Täter das gleiche ähnlich ausgedacht.
Nicht abgebucht noch steuerfrei ist der Gewinn
aus Schuldenlast, für die ich haftbar bin.

Vier Zeilen nur

Alle Bleistifte angespitzt.
Wörter auf Abruf.
Und doch wird ein Rest
ungesagt bleiben.

Bei Gelegenheit

schleichen sich solche Gedichte ein,
die später behaupten,
schon immer am Tisch gesessen
und mitgeplaudert zu haben.

Zur Strafe

kommen Kinder, die nicht lesen,
immer nur glotzen wollen,
in keinem Buch mehr vor.
Von allen Dichtern verschwiegen,
werden sie wegkümmern wie jene Kinder,
die ihre Suppe nicht löffeln wollten.

Überrundet

Noch immer, doch mit weniger Geduld
sehe ich den Schnecken bei ihren Wettläufen zu,
wie sie immer wieder gegen die Zeit verlieren;
aber die Zeit gewinnt nicht,
sie vergeht nur.

Herbst der Bücher

Blatt für Blatt,
Nüsse, auch taube fallen.
Jahr um Jahr stehen am Ende
wir reich beschenkt nackt da.

Lebenslang

Auch an atlantischer Küste
laufe ich baltische Strände ab.
    Bis zur Mole,
        dann der Fußspur entgegen.
Ob Bernstein, ob Muscheln,
    nur Vorwand sind meine Fundsachen,
        denn was ich suche,
            bleibt unbestimmt.

Wegzehrung

Mit einem Sack Nüsse
will ich begraben sein
und mit neuesten Zähnen.
    Wenn es dann kracht,
        wo ich liege,
            kann vermutet werden:
                Er ist das,
                    immer noch er.

Quellen:

Die Gedichte von Seite 7–15 aus: *Die Vorzüge der Windhühner.* Berlin-Frohnau/Neuwied 1956.

Seite 16 aus: *Die Blechtrommel.* Roman. Darmstadt/Neuwied 1959.

Seite 17 aus: *Vier Jahrzehnte.* Ein Werkstattbericht. Göttigen 1991 (Das Gedicht entstand 1959/60).

Seite 18–38 aus: *Gleisdreieck.* Neuwied/Berlin 1960.

Seite 39–53 aus: *Ausgefragt.* Gedichte und Zeichnungen. Neuwied/Berlin 1967.

Seite 54–65 aus: *Der Butt.* Roman. Darmstadt/Neuwied 1977.

Seite 66 aus: *Nachruf auf einen Handschuh.* Sieben Radierungen und ein Gedicht, Berlin 1982.

Seite 67–82 aus: *Die Rättin.* Roman. Darmstadt/Neuwied 1986.

Seite 83 aus: *Totes Holz.* Ein Nachruf. Göttingen 1990.

Seite 84 aus: *Novemberland.* 13 Sonette. Göttingen 1993.

Seite 85-86 aus: *Fundsachen für Nichtleser.* Göttingen 1997.

Wortlaut der Texte auf den Seiten 7-82 nach der von Volker Neuhaus und Daniela Hermes herausgegebenen 16-bändigen Werkausgabe: Göttingen 1997.

Mit freundlicher Genehmigung des Steidl Verlags, Göttingen.

© Heinz Köster

Günter Grass (rechts, geboren 1927 in Danzig) und *Klaus Wagenbach* (links, geboren 1930 in Berlin) bei der Gründung des Verlags Klaus Wagenbach 1965, fein herausgeputzt.
Sie verständigen sich über rote Es-Pe-De und Literatur in schwarzem Karton.

Günter Grass hat als Lyriker angefangen. Schon vor der Arbeit an der »Blechtrommel« (die 1959 erschien) schrieb er Gedichte, sein erstes Buch war ein Gedichtband, »Die Vorzüge der Windhühner« (1956).

Seitdem erschienen immer wieder Lyrikbände, auch in den Romanen stehen an zentralen Stellen oft Gedichte. Grass nannte sie schon früh (1961) »Gelegenheitsgedichte« und blieb dabei; Gelegenheit macht Gedicht-Diebe, und wo sich keine Gelegenheit bietet, schweigt der Dichter, »ohne damit sagen zu wollen, er wohne nahe dem sogenannten Unsäglichen, dem Schweigen«.

Der Spott von Grass richtete sich gegen die »Labordichter, mit kleingeschriebenen Hausschuhen, Max Bense im Rücken, die Zettelkästen griffbereit«, aber auch gegen jene Kollegen, die den Gelegenheiten nachschlichen und sie in der Natur fanden oder auch am Mittelmeer, um anschließend ihre Leser mit dem Bewispern von Nüssen oder siderischen Nächten in kimmerischen Schluchten zu verblüffen.

Hier trat jemand auf im Lederschurz des Steinmetz (als der Grass begonnen hat), der das Material, den Inhalt, als Widerstand begreift, als Vorwand für die Form (und genauso steht es auch im frühesten poetologischen Text, 1957). Dem die Dinge nahe sind und das Numinose fern. Der lieber mit kleinerer surrealistischer Münze zahlt und die Allegorien krähen läßt, statt die großmäuligen, damals üblichen Metaphern (»Planquadrate des Löwenzahn«) zu vermehren.

Das war eine Provokation und wurde auch so empfunden, denn es setzte dem metaphysischen Naturgedicht, der Laborlyrik und dem »artistischen Spiel mit der von allen extrapoetischen Werten gereinigten Sprache« (Gottfried Benn) eine geradezu bodenständige, spielerische Poesie entgegen, die ihre Wurzeln bei Hugo Ball, Hans Arp oder Alfred Döblin hatte. In der sich die Literatur aller Gegenstände bemächtigte, die Bewegung versprachen (widerspenstige wurden durch gutes Zureden oder Gewalt bewegt) und in der umgekehrt Empfindungen auf die Ebene der Sachen heruntergespielt, ›versachlicht‹ wurden. Die besitzanzeigenden Genitive und Fürwörter verschwinden, die Verben machen sich über die Substantive her und umgekehrt.

Diese anti-ideologische, den Dingen zugewandte (und sich gleichzeitig mit ihnen streitende) Haltung charakterisiert die Gedichte von Grass bis heute. Schon im »Geöffneten Schrank« spricht der Autor von den Dingen, als seien es Lebewesen, und er tut es noch im Band »Totes Holz« oder in »Fundsachen für Nichtleser«. Pilze finden die Sammlerin, Federn blasen uns was und wollen doch auch geblasen sein. Eine Parteilichkeit der Dinge, die (das versteht sich fast von selbst) andere Parteilichkeiten nicht dulden mag, die den Utopien weniger zutraut als dem Schneckengang.

Ja, die Schnecke! Der langsame Fortschritt! Grass hat ihm – auf Wahlreisen, Reden, Podien – viel Lebenszeit geopfert und sich zahlreiche Gegnerschaft eingehandelt. Welche Hoffnungen mögen da enttäuscht, wieviel Wut oder Trauer unterdrückt worden sein, wieviel Enttäuschungen über Projekte, Thesen, Personen.

Die Zwiesprache mit den Dingen in den Gedichten blieb davon fast unberührt, auch wenn es manchmal Hilferufe zu sein scheinen, die von Dingen förmlich Handlungen erwarten, die die Menschen unterlassen. So sind sie oft auch Klagen, keineswegs ort- und zeitlos, unpathetisch, ganz auf den Gegenstand gerichtet und auf die Menschen wie Gelegenheiten, die ihn umstellen.

Der Autor dieser Gedichte sieht – zuallererst – genau hin (der Blick des bildenden Künstlers auf den zu bearbeitenden Stoff), auch etwa auf die Schatten, die Mann wie Manzi seit Jahrhunderten werfen oder auf die schönen Wörter, die verschwinden (Labsal, Kümmernis, Mehlschütte, Honigseim), auf die Fundamente des Neubaus, auf Schuldenlasten, Gleisdreieck, Betroffenheit oder Ostsee. Es ist ein langer Blick auf das Vertraute, so lange, bis es unvertraut wird, neu erscheint. Erst die Bestandsaufnahme, dann die Gedanken.

Bei meiner Auswahl habe ich nicht nur die Chronologie beachtet – von den frühen, equilibristischen, surrealen Gedichten über die pädagogischen, streitbaren Gedichte der »Butt«-Jahre bis zu den späteren Kurzgedichten –, sondern ich habe auch versucht, den Reichtum an Formen und Inhalten der Grass'schen Lyrik vorzustellen: den kindlichen Singsang und die Strafpredigt, das Sonett und das Poem, die Rätselgedichte mit der heiteren Schlußpointe und die Klagelieder, die Liebesgedichte und die Polemiken, Gereimtes und Ungereimtes.

Ich hoffe, daß dem Leser dieser kleinen, sehr persönlichen Anthologie die Rätsel schwer lösbar, die Ungereimtheiten rätselhaft und die Liebesgedichte (versteht sich) schwer zu fassen sein werden.

Klaus Wagenbach

Lesen Sie weiter …

Erich Fried

ES IST WAS ES IST

Liebesgedichte Angstgedichte Zorngedichte

Eine Gedichtsammlung, die nicht nur das berühmteste Gedicht Frieds enthält, sondern uns den ganzen Autor vorstellt, mit seinem ästhetischen Anspruch und seinem kritischen Zweifel.

Quart*buch*. 112 Seiten

Erich Fried

LIEBESGEDICHTE

Freundlich und zärtlich beschreibt Erich Fried Gefühle außerhalb des Konsums, das Vertrauen zum anderen dort, wo sonst niemand niemandem traut und jeder zum Feind des anderen gemacht werden soll.

Quart*buch*. 110 Seiten

Erich Fried

MITUNTER SOGAR LACHEN

Erinnerungen

Ein Erinnerungsbuch als Erzählbuch: Wie aus dem Wiener »Wunderkind« Erich ein jüdischer Emigrant und schließlich der Schriftsteller Fried wurde.

»Leben, Sprechen und Schreiben waren bei Fried eine Einheit. Er wollte ein Dichter des ganzen Lebens sein in allen seinen Erscheinungsformen, mit Ausnahme der Gewalt.« Hans Mayer

»Ich bin überzeugt, daß das Werk von Erich Fried zum Dauerhaftesten gehört, was diese Zeit hervorgebracht hat.«
Helmut Heissenbüttel

Quart*buch*. Gebunden. 160 Seiten

Erich Fried
WUNDER KINDER ZEIT
Erzählungen
Die besten Erzählungen Erich Frieds.

»Ein unermüdlicher Kritiker seiner Zeit war er, aber auch ein dem Leben mit Liebe und Zärtlichkeit zugewandter Mann.«

Brigitte

SVLTO. Rotes Leinen. 128 Seiten

Johannes Bobrowski
IM STROM
Gedichte und Prosa
Johannes Bobrowski (1917–1965), der Dichter und Chronist »Sarmatiens«, der Landschaft zwischen Ostpreußen und Litauen, wird hier in einer repräsentativen Auswahl vorgestellt.

»In einer Zeit, da der Strom der deutschen Literatur in zwei provinzielle Kanäle geteilt ist, war Bobrowski einer der ganz wenigen, die deutsche Dichtung hervorbrachten, nicht mehr und nicht weniger als einen national und historisch definierbaren Beitrag zur Weltliteratur.« Frankfurter Allgemeine Zeitung
Auswahl und Nachwort von Klaus Wagenbach
SVLTO. Rotes Leinen. 96 Seiten

Ingeborg Bachmann
EIN ORT FÜR ZUFÄLLE
Die bibliophile Ausgabe eines großen Textes: Ingeborg Bachmanns Portrait eines Westberlin voller Vorfälle, die zugleich Zufälle sind.
Mit den originalen Zeichnungen von Günter Grass und einer editorischen Nachbemerkung von Klaus Wagenbach
Sonderausgabe. Gebunden. 64 Seiten. Bleisatz und Buchdruck durch die Offizin Haag-Drugulin in Leipzig.

Stephan Hermlin
ABENDLICHT
Prosa
Hermlins wichtigstes Buch: Ein Portrait deutscher Irrungen, erinnert in Traum-Bildern und Lebens-Geschichten.

»Welch ein schönes Buch. Die Reinheit dieser Prosa ist fast vergleichslos.« Hans Mayer
SVLTO. Rotes Leinen. 96 Seiten

Stephan Hermlin
SCARDANELLI, HÖLDERLIN
Zwei Texte über Hölderlin, den ›armen‹ und närrischen Dichter, der eine schönere Gesellschaft wollte als die »ehern bürgerliche«. Und: »Man muß eben denken, daß man die Ehre, unter die gebildetere Klasse zu gehören, überall mit etwas Schmerz bezahlen muß.«
SVLTO. Rotes Leinen. 80 Seiten

Stephan Hermlin
ENTSCHEIDUNGEN
Sämtliche Erzählungen
Alle Erzählungen des großen Schriftstellers in einem Band.

»Hier entsteht die Kunst aus der Intensivierung des Selbsterlebten. Diese Sprache wird zu einer Musik der Pausen, des Verstummens und des Schweigens.«
Gustav Seibt, Frankfurter Allgemeine Zeitung
Quart*buch.* Halbleinen. 412 Seiten

Wenn Sie mehr über den Verlag und seine Bücher wissen möchten, schreiben Sie uns bitte eine Postkarte (mit Anschrift und ggf. e-mail-Adresse). Wir schicken Ihnen gern die *Zwiebel*, unseren Westentaschenalmanach mit Lesetexten aus den Büchern, Fotos und Nachrichten aus dem Verlagskontor. Kostenlos, auf Lebenszeit!

Verlag Klaus Wagenbach Emser Straße 40/41 10719 Berlin

Wörter auf Abruf erschien 2002 als 109. *SVLTO*

Umschlaggestaltung: Birgit Thiel unter Verwendung des Aquarells »Wörter auf Abruf« von Günter Grass. Gesetzt aus der Janson von Greiner & Reichel, Köln. Druck und Bindung von Clausen & Bosse, Leck. Bucheinbandstoffe von Herzog, Beimerstetten. Printed in Germany.

ISBN 3 8031 1208 7